평행 가족

평행 가족

발행일   2025년 3월 5일

지은이   스캇 김   그린이   슈슈
펴낸이   손형국
펴낸곳   (주)북랩
편집인   선일영   편집   김현아, 배진용, 김부경, 김다빈
디자인   이현수, 김민하, 임진형, 안유경, 최성경   제작   박기성, 구성우, 이창영, 배상진
마케팅   김회란, 박진관
출판등록   2004. 12. 1(제2012-000051호)
주소   서울특별시 금천구 가산디지털 1로 168, 우림라이온스밸리 B동 B111호, B113~115호
홈페이지   www.book.co.kr
전화번호   (02)2026-5777   팩스   (02)3159-9637

ISBN   979-11-7224-487-3 03810 (종이책)   979-11-7224-488-0 05810 (전자책)

(주)북랩 성공출판의 파트너

북랩 홈페이지와 패밀리 사이트에서 다양한 출판 솔루션을 만나 보세요!

홈페이지 book.co.kr   •   **블로그** blog.naver.com/essaybook   •   **출판문의** text@book.co.kr

---

작가 연락처 문의 ▶ ask.book.co.kr

작가 연락처는 개인정보이므로 북랩에서 알려드릴 수 없습니다.

교사, 아이
고양이, 수의사

평행
가족

스캇 김 지음

북랩

삶이 방전되지 않도록

어디서든 충전해 주는

나의 소중한 가족에게 감사하며

평행 가족

목차

생각의 시작

삶의 반직선에 관해

프랑스 바게트 100년 전통은 매일 오늘의 반죽 한 덩이를 내일의
반죽과 합하고 떼어 내기를 반복하면서 이어지고 있다.

'유아 기억상실증'으로 사람은 대략 5살 정도까지의 기억이 없다.
그러나 그 기억은 부모에게 이식되어 부모 본인들의 상실된 기억을
대체하고, 나이가 들면서는 반대로 그들의 자녀가 부모의 기억을
전달받는다. 그렇게 잊힌 조각들이 서로에게 이식되거나 전달되면서
삶의 반직선은 무한대로 뻗어간다.

평행한 가족에 대해

평행하게 달리던 두 반직선(인생)이 어떤 이유로(매우 낮은 확률)

그리고 인연이라는 단어로 서로 수선의 발을 내린다.

그렇게 연결된 두 평행선은 계속 달리다가 새로운 반직선을 만든다.

그 반직선은 다른 반직선과 연결되고, 또 다른 반직선을 만든다.

그러한 방법으로 무수히 많은 반직선들이 겹치거나, 평행하거나,

또는 서로 꼬인 위치에서 우리는 살아가고 있다.

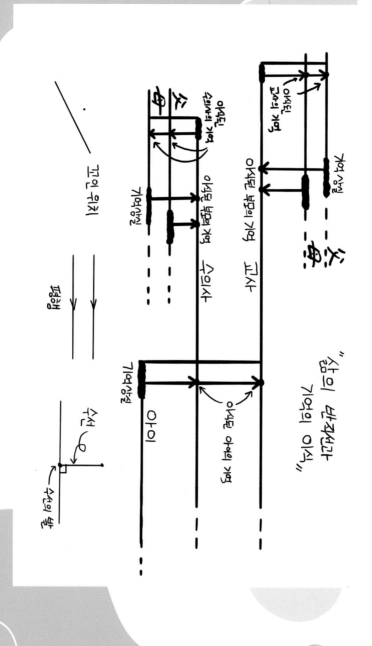

일상

Days

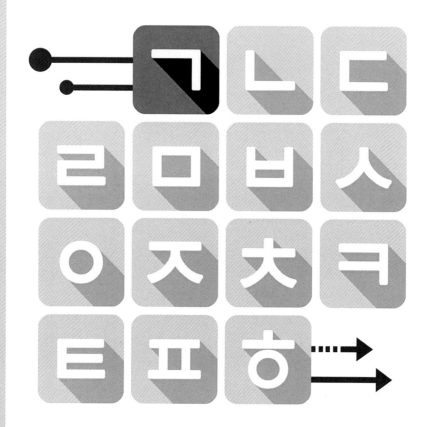

기역

감독

2012. 1. 28. 10:18

Undefeated in tournament(6-0)

'08 베이징 올림픽에서 한국팀이 무패로 승리했을 때

야구 대표 김경문 감독의 인터뷰.

기자: "…… 용병술 말씀 좀 해 주시죠."

감독: "그건 뭐, 감독의 용병술보다도, 결과가 좋게 나오면

　　　모든 게 좋게 포장되는 것이기 때문에……

　　　제가 어떻게 한 거보다는 선수들이 잘해 줬기 때문에……."

뭐지, 이 울림은?

개념

시끄러운 사람들 대부분은

개념 없는 사람들이라고 생각한다

개화

모든 것이 꽃을 피운다고 한다
심지어 채소도
나의 삶은?

건조

태양 빛에 나를 말리고 싶어
눅눅하지 않도록

걸음

중학교 때 친구가 갑자기,
네가 걷는 그 발자국을 다음에 똑같이 다시 밟을 수 있을 것 같아?

대단하다…… 우린 중학생이었는데

겨울

겨울이 어서 왔으면 좋겠다

그해 겨울 나는 계획이 있었고,

기대가 있었고, 그리고 그대가 있었다

결과

"들어간 에너지보다 나오는 게 많은 물리학 법칙은 없다"고 하더라

결연結緣

인연을 맺음, 또는 그런 관계

반의어 - 이연(離緣)

결정

뭔가를 해야 할 이유를 못 찾겠다면
그걸 하지 말아야 할 이유를 반대로 찾아보고
그것도 없다면 하는 것이 맞겠지?

결정 2

아카시아 꽃잎을 보면서
누군가는 잎을 하나씩 떼며 '한다, 안 한다'
이런 걸 결정하던 어릴 적 이야기를 했다

문득 오늘,
삶이 그렇게 잎사귀 뜯어서 결정되는 것이면
'고민 안 하고 좋겠다'라는 생각이 든다

- 남원 어느 천변을 산책하면서

평행 가족

결정 3

한순간의 결정이 10년을 좌우한다는 옛날 광고 문구 때문인지,
한순간의 선택이 평생을 결정한다는 극단적인 문구가 있다

하지만……
수많은 선택들이 모여서 평생이 결정되는 것이 맞지 않을까?

결정 4

당연 정방향이라고 호기롭게 예약한 KTX가 역방향이다
그래…… 내 생각에는 분명히 정正이라고 생각했던 결정이
역易이 되는 것은 흔하지

계기

2010. 1. 10. 23:58, 비공개

기억의 단편,

여의도 회사 근처의 카페에서 중년의 두 남자가

나누는 대화의 주제가 너무나도 뻔하다는 것.

가만히 있으면 나도 저렇게 될 것이라는 사실 때문에

가만히 앉아 있을 수가 없었다

계획

계획이란,

가까울수록 확실성이 높겠지만

멀수록 모르는 게 많아지는 것일 듯싶다

그림으로 그려 보면 이렇게.

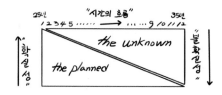

평행 가족

고대苦待

기다린다는 것은 일방적이다
중요한 것일수록 더욱 그러하다
잔혹하다
나는 그저 기다릴 뿐.

- 버스를 기다리며

고백

그 말 한마디……
오랜 시간 머뭇거리다
힘겹게? 수줍게? 꺼낸 그 말이
무거운 이성과 생각으로 열리지 않게 눌러 두었던
상자를 열어 버렸어.
그 상자가 판도라의 상자가 될지
기다려 왔던 많은 것들에 대한 매직 박스가 될지
그건 알 수 없지만,

차근차근, 실수하지 않게 망가지지 않게 없어지지 않게

한 걸음씩 소중히 내딛기로 해

정말 맞다고 생각이 될 그때

또 하나 우리의 상자를 세상에 열기로 해

고민

그렇게 그렇게 하면, 해결이 된 건가?

　그렇게 그렇게 하면, 해결이 된 건가?

　　그렇게 그렇게 하면, 해결이 된 건가?

　　　그렇게 그렇게 하면, 해결이 된 건가?

　　　그렇게 그렇게 하면, 해결이 된 건가?

　　　　그렇게 그렇게 하면, 해결이 된 건가?

　　　　　그렇게 그렇게 하면, 해결이 된 건가?

　　　　　　그렇게 그렇게 하면, 해결이 된 건가?

　　　　　　　그렇게 그렇게 하면, 해결이 된 건가?

평행 가족

고비

This is the hard part. 고비야.
명사: 진행 과정에서 가장 중요한 단계나 대목

공감

여우조연상을 받은 매우 유명한 영화라고 봤는데
그럴 만하다고 못 느끼면
뭐지? 뭘까?

- 영화 시청 후

공원

어린이 대공원으로의 산책
어린이들은 신기하게 마냥 즐거워하는 것 같다
친구와 이야기를 했다

동물원의 동물에게 호기심을 갖기에는

놀이기구를 타면서 즐거워하기에는,

우리는 너무나 많은 것을 알아 버렸고

우리는 너무나 많은 시간에 밀려 버린 것 같다고

공포

비행기 이륙 전 평지를 이동하는데

아이가 엉엉 울면서 내릴 거라고 말한다

무서운가?

아니면 폐쇄 공포?

그게 말이지,

나도 비행기가 무섭다

어쩌면 네가 알고 있는 것보다 훨씬 더 구체적으로 무서워

그런데 가야만 하니까 내리지 않는 거야

익숙해지렴

공항

가끔 답답할 땐 공항을 갔었다

과거형인 이유는,

외국계 회사를 다니면서 공항을 자주 가다 보니 감흥이 떨어져서.

그곳을 일부러 찾아가면 그저 마음이 놓였다

뭔가 탈출의 실마리, 해결의 실마리를 찾은 것과 같은

착각을 경험하는 것이었을까?

과거

'그땐 왜 그리 유치했을까, 왜 그랬을까' 라고

생각하지 않는 사람이…… 있나?

과거 2

그곳의 사람들이 싫다
중고등학교를 거쳐 가면서 만났던 친구도, 학교도 싫고

그곳에서의 과거는 날 툭툭 쳐……
툭툭 쳐서 한숨을 쉬게 해 그리고 화나게 해
마음 흘러가는 대로 둬야지
다 잘될 거야

관점

나 보기엔 아무것도 아닌 무언가를
소중히 여기고 닦고 조이는 사람이 있다
'왜 그래?'라는 의문.

광고

변함없이 사랑한다…… 너도 그러냐

- 어느 지하철 광고에서

그냥

그냥 원래 그 자리에 있어야 하는 사람 같은
그렇게 정해져 있던 것처럼 낯섦 없이
자연스럽고 편안한 사람.

아무 말 없이 손을 잡고 있어도
그게 또 다른 대화라는 걸 아는 사람
그런 사람.

그늘

손바닥 크기의 그늘만 있어도
그곳에 머리를 들이민다.

휴…… 덥다……

마음이 그토록 덥고 힘들 때
들이밀 만한 손바닥 크기의
공간은 어디일까?

기억

이제 그만 생각났으면 하는 기억들이 있는데
그것들은 여전히 불쑥불쑥 튀어나와서 욕 나오게 한다

자꾸 자극한다
그것들은 여전히 거기에 있다

기억 2

기억 속의 오랜 장소에 들르면

청바지 끝이 빗물을 먹어서 허벅지까지 젖는 것처럼

다리에서부터 기억이 스멀스멀 올라올 때가 있다

기억 3

불쑥 튀어나오는 어릴 적(초등학교 4학년?) 기억이 몇 개 있다

그중 허리가 굽고 나이 드신 분을 보면 반드시 떠오르는 생각이 있다

어릴 적 유명한 출판사의 직원이셨는데,

이름도 모르고 매우 흐릿하게 얼굴이나 외모가 기억날 뿐이다

맞는지도 모르고 확인할 수도 없다

그분은 가끔 오셔서 책 이야기를 하다 가셨고

어머니 말씀으로는 우리가 봤던 책을 중고로 매입하고

다시 새 책을 가져오곤 하셨단다

덕분에 어릴 적 형과 나의 방은 책이 꽤 많았다

그게 나중에 나의 재산이 된 것은 사실.

기억 4

다른 하나는

아파트 단지 옆 시장이 있었는데, 기억에는 꽤 규모가 컸다

그 시장 입구에 정식 매장이 아닌 가판을 두고

달걀과 두부 등을 파시는 분이 있었다

기억하는 이유는 가끔 그분에게 두부 심부름을 갔기 때문이다.

한참 후 언제인지도 모르지만,

어머니가 불쑥 그분이 돌아가셨다는 말씀을 하셨다

그러면서

달걀 그거 뭐 십 원인가, 백 원인가 다른 곳이 더 싸다고

다른 곳에 가서 샀던 것을 후회하셨다

추측건대, 달걀 사 오는 것을 그분에게 들켰으리라

한 번쯤은.

그분에게 더 자주 가서 살 것을……

입술로 되뇌셨다

기차

근무지가 지방일 때
기차와 비행기를 자주 타고 다녔다
유심히 살펴보면 남자 옆에는 남자, 여자 옆에는 여자인 경우가 많다

이상한 점은,
나는 주로 혼자 다니기에 옆자리에 아무나 앉을 수 있지만
10번에 1번 정도 확률로 여자가 앉는다

나만 그런가?
대략 인구 절반이 여자이고
이동자의 절반이 역시 여자라면,
10번의 1번이라는 확률은 낮은데……
여러 번 이런 의문이 든다

껄렁

소위 껄렁한 애들이라는 그룹이 있다
신기한 것은,
한결같이 눕듯이 소파에 앉고
걸을 때는 슬리퍼를 직직 끈다
희한한 공통점.

평행 가족

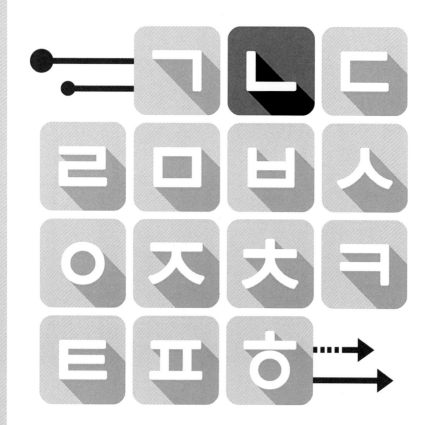

니은

나인 Nine

드라마 〈나인〉이라고 있었다.
성냥을 켜면 과거로 가는 거였던가?

이후로 〈시그널〉처럼 과거와 현재의 오고 감
현재의 사람이 과거의 불운을 막는 등의
유사한 드라마가 많이 보인다.

여기서 심쿵 대사는
과거의 시간에서 만난 학창 시절의 나에게 하는 말.

"너는 꽤 괜찮은 선택을 했다."
그리고
"믿고 싶은 판타지는 믿으면 돼."

믿고 싶은 판타지는 믿고
사랑하고 싶은 여자는 사랑하면 된다.

- 드라마 〈나인〉 시청 후

낙엽

낙엽 굴러가는 것만 봐도
웃는 나이라고 하는 말이 있다
그렇게 어리다고 불리는 시절이 있다

하지만 유심히 보면

낙엽 굴러가는 거
정말 웃기다.

특히 플라타너스같이 큰 낙엽
데구르르르르……

평행 가족

낮잠

갑자기 조용해지는,

선풍기 돌아가는 소리만 남는,

들리지 않던 먼발치의 속삭임이 들리게 하는,

짧고 깊은 시간에서 정신이 들 때쯤에는

마치 시간이 멈췄던 느낌

냄새

피하고 싶은데

보이지도 않고

본인은 모르고

약해지다 불쑥

얼른 내리고픔

노년

시골길을 운전하다 보면

나이 든 어르신 부부가 함께 다니는 모습을 볼 수 있다

함께 늙어 간다고 표현하는데,

늙어 가는 것과 함께 늙어 가는 것은 꽤 차이가 있다

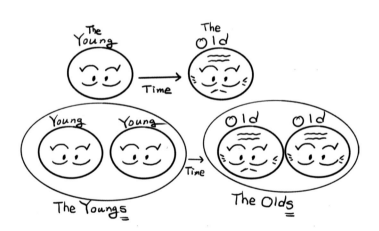

평행 가족

많은 사람이 늙어 가고

많은 이들의 늙음은 나와 무관하다

그렇기에 같이 늙어 가는 것은

같은 공간, 같은 시간을 공유하기에 대단한 일인 것 같다

노년 2

'하기스'라고 기저귀를 생산하는 유명한 회사가 있다

출산 감소로 매출 위기가 있었지만,

노인 인구의 증가로

성인용 기저귀를 대신 판매해서 매출이 늘었다고 한다

슬프다

어린아이와 노인의 유사점이 많다는 것을 느낄 때마다

슬프다

노력

손에 잡히지 않는 알 수 없는 내일과 미래를 생각하며 근심하기보다는
딱 손을 휘저어서 닿을 수 있는 범위까지만 생각하고 노력하는 것이
정답이라고 생각한다.

그 이상으로 잡을 수 없는 부분……
아무리 해도 내 손에 들어오지 않는 미래와 내일은
그리고 그 결과는 억지로 끼워 맞추거나 생각하지 않고
자연스럽게 흘러가게 한다.

노인

한적한 시골 언덕길을 운전하며 가는데,
양손에 지팡이를 짚고 한 걸음씩 힘겹게 걸음을 떼는 노인
한 걸음, 한 발짝……
어디를 가시는 걸까?

눈물

울게 되면,

눈물을 흘리게 되면 심장 박동 수가 빨라진다고 한다

요즘은 나이가 들어서인지 잘 울지 않지만

울었던 시절을 떠올려 보면,

눈물뿐만 아니라 콧물까지 펑펑이다

그런데 그 과정에 심장 박동 수가 빨라진다고 하니,

(그것의 전후 관계까지 알고 싶지는 않다)

심장이,

눈물을 저기 어딘가 깊은 곳에서, 퍼 올리는 것이라는 생각이 든다

마음 깊은 곳에 있는 우물을 퍼올리는 것처럼

진眞심心(진짜 마음)을 담아서.

눈치

내가 왜 너 눈치를 봐야 해?

니가 잘못하고 있는데

늙음

나이 들어서 몸 하나 가누기도 힘든 상황
참 안타깝고,
세월의 공격에 무참히
그리고 속절없이 무너지는
껍데기

늙음 2

젊음이라
누구나 거쳐 가고
눈에 띄는 것

늙음이라
눈을 돌리게 되고
더 이상 전진이 없는 것

늙음 3

나이 들면 개념과 배려 또는 수치심과 민망함이 없어지나?
신기하게 왜들 그러시나?

늙음 4

나이가 들어서
지금처럼 거울을 볼 때
받아들일 수 있을까
분열하지 않을까?

능력

어떤 일을 잘한다면,
노력이거나
능력이거나
본래부터 가지고 있다면 능력

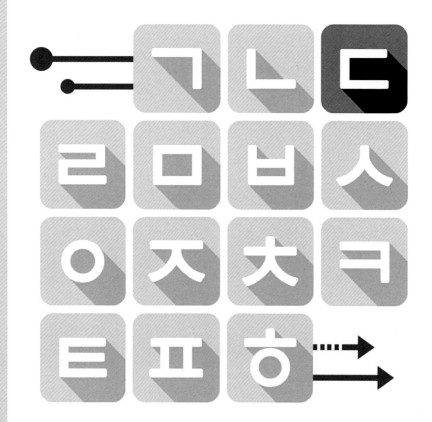

디귿

단계

생각에는 단계가 있다

복잡한 수학 문제를 풀듯이 하나씩 단서와 조건을 찾고

다음 조건을 찾아가는 꼭 거쳐야 하는 단계가 있다

그 단계와 조건을 찾지 못하면,

다음 단계와 답을 구할 수 없는 필수의 단계

가끔은 짐작이, 직관이 더 빨라서 답을 구하는 경우도 물론 있다

생각도 그러한 듯하다

어느 날엔 '이 생각을 지금까지 왜 못 했지' 의아해하며 되돌아보면,

그 생각을 하기까지

전 단계가 있었고

전전 단계가 있었고

전전전 단계가 있었고……

그 과정에는 지금의 생각을 할 수 없었다

왜냐하면 전 단계를 못 본 상태이니까

그래서 차근차근이라는 단어가

인생의 어려운 문제를 풀 때 필요한 것 같다

- 좁은 방에서 가구 배치를 여러 번 반복하면서 드는 생각

당근

어디서든 누군가의 것이든지 '당근'이라고 울리면

파블로프의 강아지처럼 뭔가 사야겠다

'뭘 사야 하나'

'뭐가 필요하지'

생각한다

동심

그렇게 아무 생각 없이 뛰며 웃던 어린 시절이

나라고 왜 없었겠니

대비對備

좋은 일은 대비하지 않고

그저 그런 일이 발생할 때 즐기고 누리기만 하면 된다

미리 좋은 일이 생길 것을 대비하지도 않는다

(미리 좋아하고 즐기는 경우도 있지만)

그러나 좋지 않은 일은 미리 생각하고 대안을 세우면 안 될 것 같고

그 일이 높은 확률로 꼭 생길 것 같은 느낌과 생각 때문에

계속 생각하게 되고 대안을 세우느라 피곤해진다

안 좋은 일이 싫은 건,

발생하기 전 그러한 과정들 때문이기도 할 것 같다

좋지 않은 일 자체도 싫지만 말이다

- 2023년 8월의 한낮에

댓글

주저리주저리 SNS에 많은 고민을 올리던 때가 있었다

친구 A: 잘 생각해서 결정하리라 믿음. 근데 스캇은 정말 바쁘게
　　　사는구나. 가끔 지치는 날도 오겠지……?
스캇: 응…… 지치는 날이 많지. 지금도 그래.

똑띠

정약용은 그의 아들에게 보내는 편지에
본인은, '유이영오 장이호학'
이라 했다.

자신은 어린 시절에 똑똑했다고 스스로 말하는 부분이
의아하면서 신선한 충격이었다
똑똑하다'가 '영특, 영영 하다' 이런 정도로만 알았는데
여기는 '영오'라고 매우 있어 보이는 표현. 기록하다

- 부록

식당에서 돈가스를 먹으면서

"똑똑하다가 두 자로 뭔지 알아?" 했더니

10살 아이의 대답은,

똑띠!

- 2022. 5. 27.

뛰어

뛰게 된다……

지방에 살다가 성인이 되어서야 지하철을 처음 타게 된 나는,

지하철이 자주 오는데 왜 뛰는지 잘 이해가 안 됐다

문득 생각해 보니 나도 이제 뛰고 있다

ㄱㄴㄷ
ㄹㅁㅂㅅ
ㅇㅈㅊㅋ
ㅌㅍㅎ →

리을

라면

오징어짬뽕 라면 한 묶음의 한쪽 귀퉁이를 잡아 올리면서
아주 느긋하게 편안하게.
나머지 손으로는 핸드폰을 보면서 걸어가는 모르는 사람의 뒷모습을
보고 있으니,

마치 그 손끝에 매달린 라면 한 묶음이
세상 모든 걸 다 묶은 것이 아닐까라는 생각이 든다

아니면,
최소한 오늘 밤은 난 부자야
아무 걱정이 없어

렌즈 Lens

중학교 때부터인가 안경을 썼다
복잡한 지하철에서 타인의 안경 렌즈를 통해 시선을 따라간다

매우 작게 보인다
그 사람에게는 적합하겠지만
내게는 거의 안 맞을 것이다

타인의 렌즈,
그것은 왜곡되어 보일 뿐

리셋 Reset

2010. 5. 21. 17:47
흠…… 리셋을 원함. (공개 설정: 일촌 공개)
- 안재: 방법 알면 저도 좀…… ㅋ(2010. 5. 24. 00:42)

그렇게 컴퓨터처럼, 전자 기기처럼 리셋 해서
다시 시작하고플 때가 있다

　　　　　　　　　　　　　　　　　　평행 가족

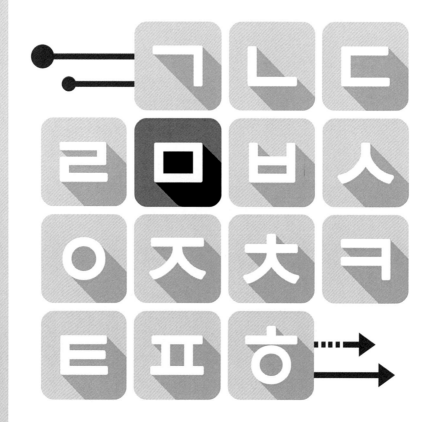

미음

마을

시골길을 운전하다 보면
한적한 마을을 지나가게 된다.

그럴 때면
마을의 어르신, 주로 나이가 대개 지긋하신 분들이
거의 동시에 내 차를 또는 나를? 뚫어지게 응시하신다.
마치 미어캣을 보고 있는 느낌이 들 정도로.

무슨 생각을 하실까?
누구냐, 넌
못 보던 차인데
우리 마을은 내가 거의 다 알거든

아니면
내가 기다리던 그 무엇인지를 명확히 확인하고 싶으신 걸까?

마음

물속 깊이는 알아도 알 수 없는 건 사람의 마음이라고 한다

그 마음에서 가장 믿지 못할 건,

남에게 줘야 할 돈을 본인 주머니 속에 가지고 있는

사람의 마음이라고 강력하게 확신한다

- 2023. 2. 19.

마음 2

보이지 않고, 내 의지대로 만들거나 없애지도 못하고,

남이나 환경에 의해서 바뀌기도 하고,

이게 진짜라고 보여 주지도 못하고, 반대로 숨길 수도 있고,

어떤 건지 나도 모를 때가 있고, 어디 있는지도 모르고,

그래서 마음이라는 걸 붙잡으라는 옛말이 있나 보다

- 모 연애 프로그램을 보면서

평행 가족

마음 3

사람이 동물의 마음을 모르지만
너도 나의 마음을 모르지 않는가

- 「장자」에서

마음 4

'마음을 내려놓으시게', '마음이 가리키는 방향으로 가야지' 등
마음을 내려놓으라는 말을 곱씹어 보니,
그것을 대체 어떻게 내려놓을 수 있을까?
그동안 내가 그 말을 들으면 어떻게 했던가?
어떤 상황에서 그런 말을 조언이랍시고 해 주었던가 궁금해진다
마음을 내려놓으라고 하면 우리는 그러한 상황을 의지적으로
생각하지 않거나, 부러 잊으려는, 외면하려는 노력을
'마음을 내려놓다'라고 표현하는 것 같다
어쩌면 포기라는 단어의 고급 버전이라고나 할까?
손에 잡히지도 않고 보이지도 않아서, 구체적으로 어떻게

행동하는 것이 마음을 '내려놓다'라는 동사의 적절한 의미인지는 모르겠다

최근 '이것도, 저것도, 그것도 사면 어떨까', '인생 뭐 있나'라는
생각으로 자신을 설득하며 지냈는데,
간절한 것도 마음 내려놓으면 사라진다는 표현이 갑자기 떠오르고
이내 어디 있는지 모르는 마음속으로 스며든다

메모

그땐 그렇게 절절했던 메모들이었을 텐데
한참을 지나 다시 열어 보니,
영 볼품없다. 공감도 재미도 없다
그래서 삭제하는 데 미련도 없다

평행 가족

먼지

괜찮다 괜찮아

그저 먼지 같은 것

지나고 나서

쓸어 내면 되는 것

명언

고속도로 휴게소에 명언이 붙여진 경우가 있다

그런 문구에 뭉클해지기도 한다

마냥 편하면 그런 명언이 눈에 들어오겠니?

모름

때로는 이런 엉뚱한 상황에서

뭘 하는 게 좋을지 모를 때가 있다

굳이 알 필요도 없지만

목표

멀리 있는 것들은 흐리지만 움직이지 않고
가까이 있는 것들은 또렷하지만 흔들린다

- 기차에서

못남

누구나 못난 부분이 있는가 하면 잘난 부분이 있다거나
큰 고목나무에는 썩은 부분이 꼭 있다는 옛말이,
원래 인간은 완벽할 수 없는 것이라는 말로 스스로를 위로하거나
또는 남이 보기에는 완벽해 보여서 질투 나는 누군가를 언급할 때,
적절한 표현인 것 같아서 동의하고 넘어간다

평행 가족

묘원

죽은 자들의 마을

새들의 소리만 채워지는 이른 아침

나가는 곳, 출구가 있다면

이분들은 여기에서 그쪽으로

가고 싶어 하실까?

무식

세대가 계속 지나도

겸손이 뭔지 모르고

배움이 뭔지 모르는

분들이 있다

여전히……

남을 하대하고

하대한다는 자체도 모르고,

누군가를 몰아간다

안타깝다

계속 특정 비율로 존재한다는 게 문제.

누구든지

남의 존재를 무시하거나 하대하면 안 되지

결국 못 배운 거고,

배워지지도 않는다

특정 비율로.

화가 나고 슬프다

- 어느 슬픈 소식을 듣고

문득

"······ 이제 그곳에 도착한 것뿐이잖니······."

- 유명한 잡지 모델을 뽑는 과정을 담은 TV 프로그램에서 다른 경쟁자들과 숙소에
  도착한 후 초조해하던 도전자가 엄마한테 전화를 했고, 그런 딸에게 해 준 말

문득,

주변이 움직이지 않는 것 같고

내가 정지해 있다는 생각이 들 때

떠오르는 문장

이제 이곳에 도착한 것뿐인걸······.

문장

울적할 땐 도서관에 간다

누군가 책 모서리를 접은 곳이 나에게도 일치할 때가 있다

묘한 공감과 위로

물건

나에게는 시계처럼,

사용할 때 좋은 에너지가 생기는 기분이 들게 하는

그런 게 좋은 물건이라는 것

미래

자신의 미래에 한계를 두어서는 안 되지만

현재의 한계를 무시해도 안 된다고 하더라

미래 2

앞으로 어떤 일들이 있을지 아직 흐릿하지만

잘 정돈된 그림이었으면,

앞뒤 양옆이 잘 들어맞는 그림이라면 좋겠다

- 학교 면접을 마치고

평행 가족

미안

오늘 지. 하. 철.이 완전 막힘.

차장이 계속 미안하다고 한다

미침

개인으로서 미친 건 상관없지만,

다수에게 이유 없이 피해를 주지는 말라고 쫌

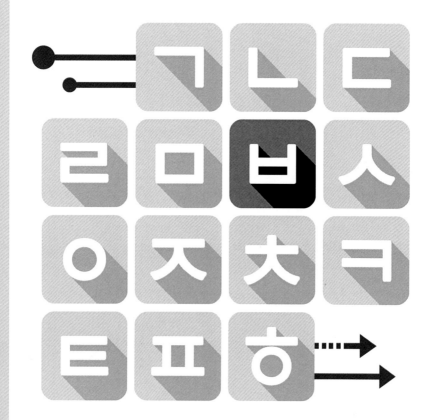

비읍

방식

누군가는 그렇게 살고
누군가는 저렇게 산다
나는 어떻게 살아야 하나

방향

내가 보는 두 종류의 사람은,
아침에 같은 방향으로 가는 사람들
저녁에 다른 방향으로 가는 사람들

백팩 Backpack

거의 다 백팩 하나씩은 들고 다닌다
어쩌다 등에 메는 방법을 알았을까?

더운 한낮의 도서관에서 백팩을 메고 지나가는 사람
그 사람의 등 위에는 백팩에 담긴 것 외에도 많은 삶의 짐이 있겠지.

변덕

어떤 날 '이 정도면 꽤 괜찮지 않은가?'
다른 날 '뭐 이렇게… 흠…'

- 거울을 보다가

복어

나 말고 누군가에게는 독이겠지만
나에게는 그저 나 그대로

- 복어 요리 음식점 광고를 보면서

본질

다 결국 살덩이일 뿐

불운不運

'애덤 드바인'이라는 코미디언이 있다
어릴 때 대형 트럭 사고로 다시 걷지 못할 수도 있을 정도로 다쳤고,
깁스를 하는 동안 하는 수 없이 가까운 영화관에서 시간을 보내면서
코미디언의 길을 가게 된다
이후 다양한 사람을 만나면서 노력 끝에 탄탄대로를 걷는다

인터뷰 중간에, 대부분의 코미디언은 그 길을 선택하게 된 특별한 계기가
있다고 하면서 본인에게는 그것이 시멘트 트럭(사고)이었다고 한다
그 일이 감사하다고 할 정도로

물론 어릴 때부터 코미디언의 재능이 있었겠지만,
개인적으로 중요하게 보는 부분은 한 사람의 인생에서

어쩌면 운과 불운의 총량이 정해져 있을 수도 있다는 것과

이 사람은 어릴 때 불운의 대부분을 겪었던 것이 아닐까 싶다

'그래서 이후의 시간들이 그렇게 순항되는 것이려나?'

- 〈비커밍: 꿈으로 가는 길 시즌 1, 2회, 애덤 드바인〉보면서

불편

아 쫌 뒤에서 걸리적거리지 말고 걍 쫌 아무 데나 가라고……

이 CGV

불편 2

나이 든 부부가 허겁지겁 자리에 앉으면서 게걸스럽게 햄버거를

입에 쑤셔 넣는 모습

평행 가족

씹으면서 말하는 것도 참 보기 흉하다
'그런데 둘이 닮았어. 저렇게 먹으니⋯⋯'

주차장에 있는 그들의 차를 보고 있자니,
자기들 마음대로 세워 놓 은 커다란 SUV

거참, 성격 제대로 반영하네
그렇게 삐딱하게 주차하기도 어려울 텐데

비교

오늘의 기회
내일의 기대

ㄱㄴㄷ
ㄹㅁㅂㅅ
ㅇㅈㅊㅋ
ㅌㅍㅎ →

시옷

사고

도로에서 발생한 사고를 보고 있으면,

짜증도 나지만

내가 조금 더 빨랐거나 늦었다면

저 자리가 내 자리였을 수도 있겠다는 그런 생각도 하면서 기다려

사진

증명사진에 대해

최근 2012년인가? 그쯤 찍은 증명사진을 다 썼다

실제로 쓸 일이 많지는 않아서 5년 정도 써 왔던 거겠지

이번에 새로 만들어질 증명사진은 몇 년을 가려나?

바뀐 모습과 스타일은 결국 늙어 가는 나의 모습이겠지

앞으로 내 인생에서 몇 번의 증명사진을 더 찍으려나

매번 찍을 때마다 기존의 사진보다 훨씬 나은 나의 모습이

증명되는 사진이길 희망한다

사진 2

사진의 나는 웃고 있다

이질감

지금은?

상처

몰랐는데

어떤 종이 위에도 없어서 그랬는데,

새로운 사람이 와서 뒤지더니 알게 되었어

너의 상처를, 드러나지 않은 과거를

어쩌면 사소할 수 있다고, 숨기고 싶어 하던 그 상처를

비틀렸으나 보이지 않았고,

아무 일 없던 듯 다시 갈아입었지만······

알고 나니,

다르게 보인다

- 중고차 판매 검수 후, 2024. 11. 24.

평행 가족

새벽

내가 즐기는 것
새벽과 이른 아침의 어스름함 = 시작

새벽 2

유명한 경영인이나, 어떤 경지에 오른 인물들은
새벽에 일어난다고들 한다
남들에게 방해받지 않는 시간에 자신의 시간을 갖는다고 해서
'새벽형 인간'이라는 표현이 유행했었다

요즘 내 생각은,
그렇게 남들이 주목하는 삶을 사는 사람 정도 되면
할 일도 생각할 일도 많은 게 확실하다
나이로는 매우 젊음의 시절을 지나 30 후 40대 이상인 듯하고

그런 조건이라면,

어떤 이유든지(건강, 소음 등), 새벽 중 언제든지

한번 깨면 원하지 않아도 컴퓨터가 부팅된 것처럼,

생각에 생각이 꼬리에 꼬리를 물어서

차라리 일어나는 것을 선택하는 것일 확률이 높다고 본다

물론 책에는 그런 식으로 표현하지는 않겠지만.

요즘 나의 삶이 그러한데 나보다 일 많은 사람은

꽤 높은 확률로 그 럴 것이라 확신한다

그렇게 한 달, 두 달 가면 저항 없는 습관이 되기도 하겠고

당신은 어떠한가?

새해

새로 시작되는 해, New Year

붙잡을 수 없는 시간과의 달리기가 또다시 시작되었다

- 2024. 1. 1.

평행 가족

새해 2

새해 복 많이 받으세요

의례히 새해에 자주 듣는 표현이다

그렇지만 복이 무엇인지는 정의하기 어려울 수 있고,

사람마다 기준도 각각일 것이다

복이 눈에 보인다면 어떨까?

꽃다발처럼 건네줄 수 있도록.

상대방 복이 많은지 적은지,

복을 주는 것인지, 받는 것인지 명확할 듯하다

그러면 받는 사람도 현실적으로 더 좋지 않을까?

복 많이 받으세요, 여기 있어요!

- 2025. 1. 1.

생각

뇌 바닥에 묶여 있는, 호시탐탐 탈출의 기회를 노리는 생각

생각 2

오랜만에 만난 어르신과 대화를 하다가,

'회사 다니던 시절에는 무모하게 보이는 결정도 휙휙 하고

그랬었지요. 그런데 요즘에는 이렇게 해야 하나, 저렇게 해야 하나

고민이 되네요'라고 했더니,

'나이 들어서 그래. 그냥 생각하는 대로 하면 된다.'

나이가 들수록 계획과 행동을 주저하며

몇 번이나 반복해서 생각하고 행동하는 것이,

특별히 이상한 현상이 아닌 것처럼 들린 것 같아 다행이다

평행 가족

생각 3

생각은 계속 따라온다

어딜 가든지……

주로 불쾌한 생각이라는 것이 문제

서랍

일본 속담에서는 재능이 많은 사람을

서랍이 많은 사람이라고 표현한다

누구나 각자의 서랍을 가지고 그 안을 채워 간다

선택

그런 생각을 해 봤어

이걸 선택할까,

저걸 선택할까 망설인 적 있지?

지금에서야 돌아볼 때

미래를 알 수 없었으니,

그때 이랬으면 저랬으면 생각하잖아

그런데 이런 생각은 어때?

그때 이것, 저것 또는 무엇이었든지

결국 현재의 나로 도착했을 거라는 생각.

좋을 수도 있고, 현재의 내가 좋다면

싫을 수도 있겠네, 현재의 내가 싫다면

- 2022년 4월 출근길

평행 가족

선택 2

연애 프로그램에서

여자나 남자나 각 개인은 그것만으로 대단한데,

선택받지 못한 여자, 남자는 참 안타까워 보인다

딱 그 순간만큼은 그렇다

성격

지금도 그렇지만,

나는 대단히 개방적이며 누구와도 이야기하는 것을

좋아하는 성격인 반면에,

혼자서 사색하는 것을 좋아하는 일면도 있다

성숙

얻음보다 잃음에 익숙해지고,

담담하고, 무덤덤해지면

이전 단계를 넘어선 성숙이라고 할 듯하다

성장

어떤 어르신이

어린아이 때는 피(氣, blood)가 다리에 몰려 있어서 그렇게 뛰고,

나이가 들면서 그 피가 머리 방향으로 점점 올라오게 되는데,

나중엔 주둥이(입, mouth)로 모이니까 그렇게 말만 많아진다는군요

세뇨 Sengo

'달 세뇨(Dal Sengo)'라고 하면 Dal=부터, Sengo=표시,

즉, 표시로 돌아가서 표시부터 다시 연주하라는 뜻이다

카포(Capo)처럼 처음으로 돌아가지 않고
나의 특정 표시점으로 돌아갈 수 있다면
제일 좋은 선택이 되지 않을까?

소리

이른 아침 가만히 있어 보면
놀이터에서 달그락 달그락, 아이들 목소리
고층의 아파트인데도 바로 옆인 것처럼,
잘 들린다
사람이 사는 소리.

소비 消費

'열 효율'이라는 과학 용어가 있다

예를 들어 자동차가 연료를 태워서 엔진을 돌리고, 그 힘으로

앞으로 달려간다. 이 경우에 열효율이 30~40% 정도라고 하니,

60~70%는 실제 목적을 달성하지 못한 채로 변형된다는 의미이다

생물은 어떨까? 인간의 열 효율은 약 34% 정도라고도 한다

이런 생각이 든다

배고파서 먹고, 에너지를 만들어 내고, 생존을 위해 이 에너지를

사용하여 움직이고, 다시 먹고, 이렇게 반복적인 과정의 효율이 40%

정도인데, 생물의 세포도 역시 기계처럼 나이 들어 간다

망가지고 재생되고 계속 반복하지만, 본래의 목적과 무관하게

약 60%가 사라진다. 그럼에도 불구하고 다시 먹고 움직인다

그리고 낡아 간다

결국 낮은 효율로 소비만 하는 존재가 인간이다

나름 먹이 사슬의 윗 단계에 군림하고 있으나, 존재의 한계로

소비하며 늙어 간다 그리고 결국 무無로 돌아가겠지

인간을 'Homo Sapiens(슬기로운 인간)'라고 구분하는데,

어쩌면 소비하는 인간, 'Homo Spendicus' 로 표현하면 딱 맞겠지?

수면

나이가 들면 잠이 없어진다고들 한다

많이 잤으니 남은 시간은 좀 더 깨어 있으라는 섭리일까?

어느 정도는 그럴 수도 있지만,

신체적 문제(야뇨)로 새벽에 잠이 깬 후 잠들지 못하는 것이

더 적절한 이유일 것이라 해석해 본다

수명

사람의 수명이 여러 원인으로 다양할 수 있는 것은 잘 이해가 된다

동물의 수명이 다른 이유는 뭘까? 종의 특성, 환경적 특성도

물론 있겠지만 극단적으로 오래 사는 거북이 등(예. 십장생)

왜 그렇게 오래 살아?

순간

별의 순간(sternstunde = hour of the stars = moment of glory)
내 인생에 그러한 순간을 기대하고 기다린다

순간 2

'여기서 지면 지겠구나……'라고 생각하게 되는 순간이
운동하는 사람들에게 있다 한다
반대로 '여기서 이기면 이기겠구나!'라고 생각하게 되는 순간도
있지 않을까?

순리

그냥 그렇게
잘될 것이라고, 잘하고 있다고
내가 가는 길이 맞는 길이라고
그렇게 생각하고 가기

평행 가족

복잡할 땐 쉬어 가기
충분히 쉬기
긍정이 찰 때까지
부정이 그리 큰 것도 아니라는 것이 이해될 때까지
한 걸음씩.

순리 2

나이 들면 뛰기도 힘들다
기력이 쇠하는 이유는 노안이 오는 것처럼,
이젠 뛰지 말고 애써 무엇 하지 말고,
그저 그 힘만큼만 천천히 살라는 것 아니겠는가

순리 3

그것 또한
마음에 안 드는 순간 또한
순리일 수 있다고.

순서

자주 잊어버리지만
일에는 순서가 있다
큰 돌부터 먼저 움직인다든지.

쉬리 Swiri

그땐 그게 어찌나 절절하고
안타깝던지……

승부

우리는 왜 승부하는가? 동물의 습성일까?
자연의 세계에서는 약육강식이라고 하자
인간의 세계에서는?
인간도 어릴 때부터 누군가의 도전에 응수하거나 회피한다

평행 가족

스포츠를 놓고 생각해 볼까

왜 상대방을 이겨야 하는데?

관중은 그것을 보면서 재미를 느낀다

왜 그게 재미있지?

스포츠는 결국 돈이 얽혀 있으니, 자극적인 승부가

필요하다고 하자. 지켜보는 사람은 왜 그게 재미있을까?

근본적으로 승부는 이기거나 지거나

이기거나 진다는 것이 어쩌면 죽고 사는 느낌을 축소한 것인가?

약한 강도의 죽고 삶인가? 그렇다면 생존 본능과 연결되긴 하겠다

영어 단어 게임(Game)의 뜻 중에 '먹잇감'이라는 뜻이 있다는 것이

어설프게 이해가 되기도 한다

시간

과거는 지나간 시간이었고,

현재는 지나가는 시간이고,

미래는 지나갈 시간이겠지

시간 2

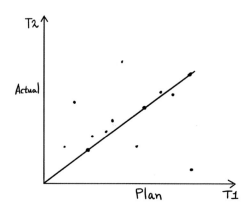

일정 관리에서 유명한 간트 차트라는 것이 있다

로켓 발사와 관련한 연구소에서는 일정 관리에

T2 차트를 썼다 해서 무엇인가 봤더니,

일반적으로 엑스(X)축에만 시간의 진행을 표시하지만,

이것은 와이(Y)축에도 시간을 표시할 수 있다

엑스축은 계획한 시간만큼 이동하고,

와이축은 계획에 대해 실제로 완성한 시간만큼 이동한다

나의 시간은 이 차트에서 어떤 점들을 찍어 가고 있을까?

평행 가족

시간 3

다양한 경험은 심리적으로 장수하게 하는 경험이다.

비슷한 경험 그리고 단순한 삶은 시간이 빠르게 느껴진다.

- 〈어쩌다 어른〉에서 김경일 교수

나이가 들면 왜 시간이 빨리 가는지에 대한 과학적 해답.

감사합니다. 그 말씀이 맞네요

신앙

꼭 일이 잘 안 되어야 절대자를 찾는가?

그게 인간의 한계인가?

잘되어도 찾는 사람이 있긴 하겠으나……

신호

같은 방향의 파란 신호를 보고 있는 듯 보여도,

좌회전을 기다리고 있다면 직진 신호는 나의 신호가 아니다

항상 추월 차선만을 타고 살아갈 수는 없다고 그러던데,

각자의 목적지가 다르고('주역周易'에서는 그것을 명命이라고 한다),

그 길을 가는 동안('주역周易'에서는 그것을 운運이라고 한다) 움직이고,

기다리는 신호가 각자 다른 것은 확실한 것 같다

같은 방향을 쳐다보고 있지만

같은 방향으로 가는 것처럼 옆에 서 있지만

그 바닥에는 각자 가야 할 방향을 정해 놓고 서 있는 것처럼,

남이 보기에는 잘 보이지 않을 수 있지만

누군가 보기에 나보다 먼저 출발해서 빠르게 가는 것 같지만

내 목적지를 따라서, 그에 맞는 신호를 따라가는 것이

결국 바르게, 똑바로 찾아가는 방법이겠지

- 2025년 1월 1일 새벽

평행 가족

실행

할 수 있을까? 남들도 다 하는데 뭐,
이러다가도 다시 할 수 있을까의 반복

어떤 어르신께
'그런 걸 어떻게 하셨어요?' 물었더니
'닥치면 다 한다'

다들 닥쳐서 그렇게 일들을 하는 건가?
대단하다

심장

생명, 삶의 시작과 끝이 달려 있는 곳
평생 두근두근 쉬지 않고 뛰는 것 같아 걱정되지만,
매우 미세하게 변하면서 알아서 잘 쉬고 있다 하니
그 걱정은 마시길

*참고: 프랙탈 기하학

십 분(10분)

전화기를 두고 온 것이 생각나서 조금 가다가 돌아섰다
10분 동안 난 다시 원래 자리로 돌아왔고,
다시 출발했다

항상 다니던 시간엔 잘 볼 수 없었던 모습들이 보인다
1년, 5년 혹은 10년을 어쩔 수 없이 돌아가야 한다면,
돌아가겠는가?
돌아간다면 무엇을 보고 싶은가?

쓰기

머릿속에서 맴돌다가 반복되기만 하는 생각들이
계속 확장되고 다시 반복, 확장, 반복되다가

펜을 잡으면
마치 배출구가 생긴 것처럼
펜을 통해
흘러나오고,

머릿속은 그제야 비워진다
나는 그렇다

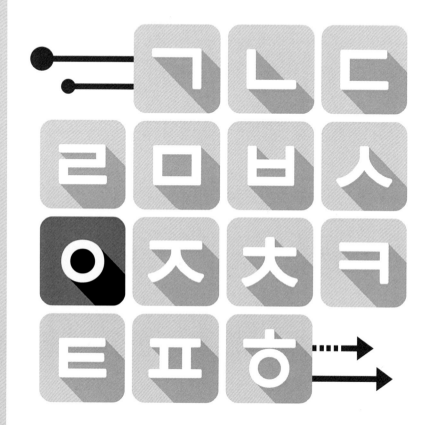

이응

일(1)등

1등끼리는 실력 비교가 안 된다

간단한 논리로
2등은 1등보다 실력이 낮지만,
1등끼리는 누가 더 높은지 비교가 어렵다는 의미이다

1등이라는 건 머리 위에 천장이 없다는 것
그런데 자신만의 천장이 문제이려나……

아픔

아픈 치아는,
아픈 손가락은,
눈에 불편한 물건은,
실제보다 크게 보인다
그리고 크게 느껴진다

악보

악보를 연주하는 것도 시간의 흐름을 따라
처음에서 시작해서 끝을 향해가는 것이 인생과 닮아 있다

만약, 앞서 이야기한 것과 같이
처음부터 다시 하거나(Da Capo)
표시부터 다시 하거나(Dal Sengo)
그것도 선택할 수 있다면 참 좋겠지

거기에 코다(Coda)까지 써서
반복하지 않고 싶은 부분을 건너뛸 수 있게 된다면,
정말 음악 같은 삶이겠다

악연惡緣

검은 실의 인연처럼
죽음으로 연결된 인연이라는 것을 악연이라고 하면 맞을까?

많은 사람이 죽고 다치는 사고가 자주 일어난다

서로 아는 경우도 있고, 모르는 경우도 있다

그렇게 여러 사람들이 특정 시간에 연결되어 버렸다

그런 일 이후에는

'왜 하필 그때, 그 시간에, 그곳에서'를

생각해 보게 된다

1:29:300으로 발생하는 하인리히 법칙 때문인가?

많이 경고하고 예고하였지만 제대로 듣지 않은 누군가의 잘못인가?

누구를 탓해야 하려나……

앨범

앨범은 그때의 기억들을 떠오르게 해 준다

기억들이 떠오르면 그때의 향기들도 떠오른다

그때 내가 입고 있던 옷, 사람, 커피, 녹차, 의자, 강의실,

여러 가지 물건들의 향기…… 냄새?

업보業報

안타깝지만 과거에 니네들이 나쁜 짓을 많이 해서 그러려니 해

업혀

차가 다른 차 위에 얹힌 채로 달리고 있다
그렇게 업혀서 어디로 가려나

집, 정비소 아니면 폐차장?
그렇다면 다시 못 보겠구나
안. 녕.

엘베

평안, 안녕하던

그렇게 급하지도 않았던 마음이

무력하게, 저항할 수 없게

그 앞에서 여지없이 깨진다

- 엘리베이터를 기다리며, 2024.10. 30 이른 아침

여행

비가 펑펑 오는 날, 눈이 펑펑 오는 날 기차를 타고 달리는 거야

조금 지나면 지루해지겠지만 지금은 딱 그러고픈 때

여행 2

삶은 어차피 100점일 수 없기 때문에

여행을 다녀온 후에 열심히 일해도 결코 늦지 않는다고 하더라

조금 더 살펴보면,

삶은 어차피 완벽한 100점일 수 없다지만

여행으로 조금, 아주 조금이라도 점수를 높이는 데 도움이 된다 아닐까?

최소한 현재의 점수를 깎아 먹으려고 여행을 가는 것은

아니지 않은가(굳이 시간과 돈을 소모하는 이유)

역사

기억은 다른 사람의 확인이 필요한 불완전한 기록이라는 말처럼,

글로 남겨져 있지 않은 오래된 역사는 더욱 모호한 것이 아닐까?

그래서,

나라마다 신화마다 비슷한 내용들이 신기하게 반복되는 듯하다

연애

한때 즐겨보던(당시에 TV 프로그램은 볼 만했다) 드라마 스페셜

〈그녀의 숨결〉이었던가?

그녀가 말을 하는 것도, 심지어 숨 쉬는 것도 싫다고 하던 남자

사고 후 다시 그녀의 소중함과 추억을 회상하는 남자

과연 그렇게 되어야 그 사람의 소중함을 알 수 있는 걸까?

사람이 좋았다가 싫어지면(특히 연애 중) 발뒤꿈치도 싫어진다고 한다

그들의 반짝반짝하던 시간은 온데간데없고

연애 2

열차 문 닫히기 전까지 손 흔들고 짠하네

그래 그렇게 반짝이던 때가 있어야 결혼이라는 것도 해 볼 만하지,

안 그래?

                                        - 급하게 올라탄 입석 열차에서

영역

어떤 주사위는 이미 바닥에 드러누워 자신을 전부 드러내고 있고,
아직 내려오지 않은 다른 녀석은 끝까지 정체를 숨기고 있다
나의 기대와 바람은 그저 그 녀석에 바짝 붙어서 떨어지고 있을 뿐.
허공은 나의 영역이 아니다

완벽

나의 삶은 완벽한가?
그럴 리가?
그런 삶이 있는 것인가……?

우산

어릴 때
눈 오는 날 우산을 쓰고 다니는 사람들을 이해하지 못했다
오늘 난 이해한다

우편

답답할 때 우체국 옆을 지나면 나를 포장해서 어디론가
보내고 싶다

위로

오늘 아침
길을 놓쳤지만 드는 생각은,
'원래의 길로 갔었다면 어떤 일이 생겼을지 모르는 거잖아?'
라고 위로한다

이성異性

집 앞에 마당이 있는 강아지 카페가 있다
딱 봐도 고급스럽고 미용이 잘된 강아지도 물론 있다
갑자기 그곳 모두의 눈길이 입구를 향하길래 따라가 보니,
여자분이 롱패딩 코트 품속에(넥타이처럼) 강아지를 품고
강아지는 얼굴과 상반신만 내놓고 입구에 들어서더라

핵심은,
강아지도 여자분도
눈길이 갈 만한 분이었겠거니 생각한다

외모와 강아지의 꿀 조합이라고 하면
적절한 설명이 되려나?
인간의 존재란…… 흠.

이완

여타 운동도 그렇지만

잘하려면 힘을 빼야 한다고 한다

처음에는 도대체 그게 이해가 안 된다

그러나 어느 순간 개인차는 있지만,

그게 뭔지 알 때가 자연스럽게 온다

심지어 힘을 빼면 오히려 더 좋은 결과가 나온다

내 맘대로 힘을 최대한 써 보고 나면

힘이 빠지는 순간이 더 빨리 오는 게 아닐까

내 힘으로 아무리 해도 안 된다는 것을,

거기까지라는 것을 알 때

포기하는 심정으로 힘이 빠지면,

그때가 더 좋은 결과가 나오기 시작하는

새로운 변곡점이라고나 할까?

'인생은 어떨까, 똑같을까' 하는 생각이 스친다

꼭 이것만큼은 매달리고 땀 흘리고 전진하다가

'이제 안 되겠네'라며 힘이 빠지는 순간,

일이 풀리기 시작하는 일이 몇 가지 있다는 것?

인생에 정답은 없겠지만

힘을 주고 빼는 일에 능숙할 때 그게 실력이고

그럴 때 이전보다 더 좋은 결과를 가져오는 것이

어쩌면 순리인 듯싶다

- 골프 연습 후

인생

인생은 아직 준비도 안 되었는데 본인의 의지와 무관하게

이미 시작되. 어. 버. 린. 달리기로 빗대어 말하기도 한다

웬걸, 나 역시

그저 잠시 멈춰 '덧없다······'라고 생각하다가도

어느새 앞뒤 안 보고 다시 달려가고 있더군

평행 가족

인연

붉은 실의 인연

여러 문화에서 붉은 실이 언급된다

내가 읽은 일본 소설 중에서는

남녀 간의 인연을 붉은 실로 언급했다

어떤 분에게 그런 이야기를 했더니,

"땡겨(당겨) 보면 알 수 있지 않을까요?"

인연 2

붉은 실의 인연과 달리 검은 실의 인연도 있다

죽음으로 연결된,

누군지 서로 모르는 사람들 또는 알고 있는 사람들

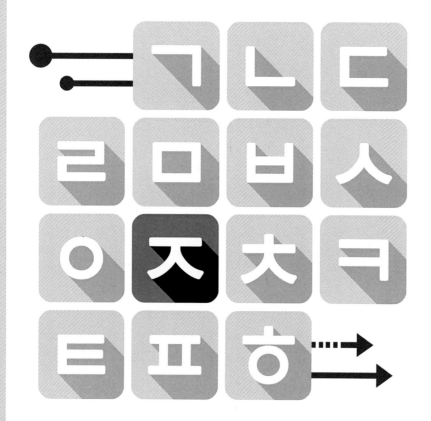

지읒

자극

좋은 자극은 습관화로 둔감해지고

유해성 자극은 민감화로 해결되지 않으면,

반응이 증가하는 방향으로

뇌가 처리한다고 한다

좋은 기억을 빨리 잊는 건

뇌…… 너였구나

난 행복에 둔감해지기 싫은데……

- 전기치료학 수업 중

자석

N극과 S극은, 서로 반대 극이 붙고

같은 극은 밀어낸다고 배웠고 알고 있다

자석이 처음 발견되었을 때부터 N과 S라고 했을 리는 없다

이렇게 하면 붙고 저렇게 하면 밀어내는군

이러다가 이름을 지었겠지. N과 S라고

현상과 결과를 보고 이름을 나중에 붙이는 경우겠다

여자와 남자 관계도 자석에 비유하는데 이건 다르다

처음부터 남과 여라는 현상과 결과가 정해져 있으니,

'다른 성을 좋아하고 끌린다'라는(그래야 한다) 전제가 성립된 상태로

진행한다는 말이지

자석은 '다른 극이니까 끌어당겨야지'라는 생각은 안 하지 않는가

유휴

자식

시골이라고 분류되는 지역은 버스의 배차 간격이 길다

외진 마을의 정거장에

나이 드신 어르신(부모는 아닌 듯)이 손주 정도 되는 아이(3~4살)를

품에 안고 핸드폰을 보면서 버스를 기다리고 있다

그 모습이 참 애달프다

어르신 품에 쏙 들어갈 정도 크기의 아이가

얼굴도 안 보이게 가슴팍에 얼굴을 묻고 자고 있고,

어르신은 말없이 아이를 품에 안고 핸드폰을 본다

아이와 어디를 가시려는 길일까 궁금해진다

토요일 늦은 오후인데…… 병원?

병원이면 좀 더 다급한 표정이겠지

부모와 자식이라는 혈연血緣,

그토록 진한 관계에 급격히 스며든다

저항

이제 드는 생각은

될 대로 되라

저항할 힘도 없다

전생前生

커피잔을 앞에 두고
앉아 있는 자태를
보아 하니,

이 녀석은 전생에
사람이었을 확률이 높다

정돈

제자리에 있다는 것
들어맞아 있다는 것
편안해진다는 것
차분해진다는 것

정리

어릴 땐 정리를 정말 안 하고 못한다
시간이 지나면서 자연스레 정리된 공간이나 위치,
이런 게 아니면 스트레스를 받는 지경이다

어릴땐 혼란스러운 공간에서도 목적과 의도에 맞는 물건을
잘 찾아내고 탐색할 능력과 여유가 있지만,
이제는 그 능력이 떨어져서인 것 같다
역시 기분이 좋지 않다. 쩝

정리 2

그것이 어떠한 상징 또는 의미로서
더는 가치 없게 결국 느껴질 때가 온다면 기꺼이 정리해야지
그렇지 않다면,
애착이 있고, 그것이 주는 상징적 의미가
나에게 에너지를 준다면,

조금 더 가지고 있어도 의미가 있겠지

But, not today(그러나, 오늘은 아니야)

정상

정상이 어딘지 모르고 처음 올라갈 때는,

오르면서 헉

여기도 높다 헉헉

정상에 다녀와서 보니,

이것도 힘들다고

이 정도 온 것도 힘들다 했군

조심操心

특정 장소에 가면 '개 조심'이라는 문구가 보인다

그 주위에서는 특별히 '개dog'라는 존재를 조심하라는 의미이다

새bird를 무서워하는 Ornithophobia 사람에게는 '새 조심'이라는 문구가

있어야 미리 신경을 쓸 수 있겠지

그렇다면,

특정 공간에서는 '사람 조심'이라는 문구가 필요하지 않을까?

어쩌면 누군가에게 가장 위험할 수 있는 동물動物.

분명히 주의가 필요하다

종점

사람은 결국 한 장소에 멈춰 선다

그리고 그곳을 끝이라고 한다

운명의 세 여신이 있는데,

생명의 실을 만들고, 길이를 재고, 마지막으로 자른다

잘리어야 그 부분이 끝인 거고, 잘리지 않으면 실의 끝점은 없다

인간은 그 끝을 감히 알 수 없다는 것

주사

주사 맞는 것에 관해,
언젠가 나이가 들면 주사 맞는 게 아프지도 않다는 말을 들었다
슬픈 이야기다

생각해 보면 어릴 땐 무섭고 아팠던 주사가
어느새 무덤덤해지는 이유는
맞는 요령을 알아서(먼 산 보기, 딴생각하기 등)일 수도 있겠지
어쩌면 그 정도 따끔한 아픔은
그간 겪어 온 것에 비하면 아플 일도 아니라는 것일 수도 있겠지

가장 슬픈 생각은,
한참 생기 넘치고 감각 넘치는 세포들이 시들해져서,
감각도 둔해져서,
느끼고 싶어도 느껴지지 않아서,
주사 정도는 아프지도 않을 수 있다는 것

주제

글에는 주제가 있다
내 삶의 주제는 무엇일까

지금

앞을 빤히 쳐다보고 있는데
민들레 홀씨가 눈을 향해 직진으로 날아온다
피할 틈도 없이 눈 안에 착지
거울도 없어 어딘지 혼자 부비적거리다가
떼어 내고 나니,
왜 넌 하필 지금 나에게 왔지?

지옥

천국과 지옥에 대해 갖는 이미지로
밝고 화사한 평화로운 천국과
고통, 신음, 혼잡의 지옥을 쉽게 떠올린다

사람이 쓸데없이 많이 모여 있는 공간
사람으로 가득 들어찼고
숨 쉴 공간조차도 없으며,
그저 불만, 절망, 한숨이 생생한 곳
그곳이 지옥

그래서 혼잡한 지하철은 결국 지옥이다

- 혼잡으로 유명한 지하철에 부쳐

중고中古

새 차를 타고 다니다가 팔려고 하니

가격이 아쉽다

아까운 생각도 많다

쓰면 쓸수록 시간이 지날수록

가격이, 가치가 오르는 것은 없을까?(있겠지)

사람도 그런 것 같아 슬프다

시간이 지날수록 가치가 오르는 사람은 어디에?

진공

진공의 시간

어떤 오랜 기간 준비한 시험 같은 것이 끝나고

어떤 공들여 온 중요한 업무 같은 것이 끝나고

어떤 결정하지 못하거나 결정되지 못한 내일의 일이 시작되기 전,

마냥 기다릴 수밖에 없는 시간.

그저 보낼 수밖에 없는 특정 기간이 존재한다
진공 같은, 무중력 같은, 비어 있는

새로 채워져야 하지만 아직 어떤 것으로 어떻게,
언제 채워야 할지조차 알지 못하고
알 수 없는 시간 = 진공의 시간

질투

지하철에서 만나 같이 엠티MT를 가고
가는 길과 같아 도착한 그녀의 집.
그 동네는 잘되는 미용실도 질투하는 동네라서
서로 눈치를 본다

오빠라는 사람은, 나 같은 외부인은 그런 질투를 살 수 있으니
어울리지 않는다고 한다

- 언젠가 7월의 꿈에서

평행 가족

쩝쩝

쩝쩝대면서 먹지 좀 마
초중딩도 아니니까 더욱 신경 좀 써
아주 불쾌해

쩝쩝 2

지나치게 과하다
적당히
얌전하게 먹어라

쩝쩝⋯⋯ 쩝쩝
귓속으로 음식이 들어오는 것 같다
(나도 그런가?)
이제 그만 먹지 그래?

- 늦은 오후 햄버거 전문점에서 모르는 사람의 쩝쩝 소리를 들으며

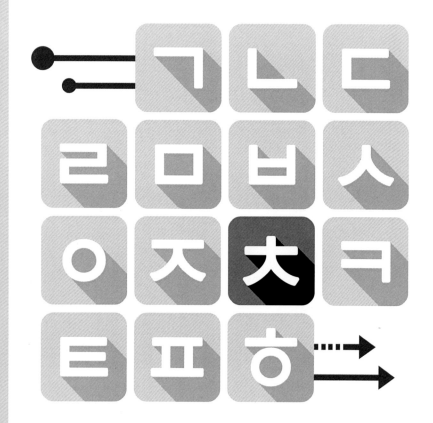

치읓

차이

특목고 진학 후 특목대를 진학한 중3 때 친구를
제3자의 계획에 의해 만나게 되었다

외모는 중3 때와 동일하더군
(나이가 들면 바뀌는 게 별로 없다는 것은 진리)
전공은 무엇을 하고 있고,
'취직은 잘 되네, 안 되네' 그런 흔한 이야기를 했다.

그 친구가 살던 집과 당시 상황을 되짚어 생각해 보면,
학창 시절에는 서로 공부의 간격이 있었는데
이후로 그렇게 살았었구나……

지금은 서로 어떤 차이를 가지고 있을까?
쓸데없이 궁금해진다
그 친구는 잘 살고 있을까?

체념

명사

1. 희망을 버리고 아주 단념함

가끔 이럴 때가 있다

초과

그럴 리가……

나의 매월은 미만의 삶인데?

출근

여기다 싶으면 옆구리를 터뜨리면서

우웨에에엑,

세차게 사람을 쏟아 낸다

- 서울 지하철에 부대껴

평행 가족

치석

매일 보는데
언제 이렇게 쌓였는지 모르는 것 = 치석

치통

원인 모를 치통의 밤이 끝나고
길게만 느껴졌던
어떻게 이 밤을 보내야 하나 고민했던 밤은 가고
새로운 아침의 해가 뜨다
내 삶도 그러하길.

ㄱ ㄴ ㄷ
ㄹ ㅁ ㅂ ㅅ
ㅇ ㅈ ㅊ ㅋ
ㅌ ㅍ ㅎ

키읔

카포 Capo

처음이라는 의미의 음악 기호이다
악보에서 '다 카포(Da Capo)'라고 하면,
처음(Capo)부터(Da) 다시 연주 하라는 뜻이다

완전 처음으로 돌아가고 싶지는 않을지라도,
그게 선택할 수 있는 것이라면
처음으로 가는 것도 나쁘지 않겠다

코다 Coda

음악의 진행 기호 중 하나이며,
코다 표시가 있는 사이의 마디는 생략하고 진행하라는 뜻이다

인생의 어떤 시점으로 되돌아갈 수 있다면
그리고 특정 시점을 건너뛰고 그 다음으로 이어 갈 수 있다면……
바랄 수 없는 바람을 담은 기호.

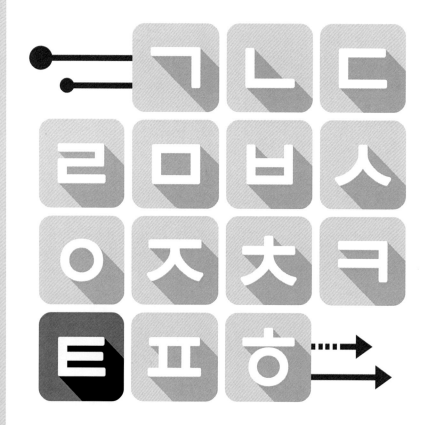

ㄱㄴㄷ
ㄹㅁㅂㅅ
ㅇㅈㅊㅋ
ㅌㅍㅎ

티읕

타인

유난히도 북적이는 이른 아침 지하철에서
앉아서 책을 펴고 계산기를 두드리며 공부하는
중년의 남자가 있었어
내리고 보니 에스컬레이터 내 바로 앞에서 올라가고 있더군

가방 위쪽이 찢어졌는지
엉성하게 굵은 그리고 하얀 실로 두어 땀 꿰맸더라고.

순간 느껴지는
'나는 지금 어떻게 살고 있지?'

- 2022년 4월 서울 출근길

타인 2

중년의 야쿠르트 아주머니가 낡은 다이어리에 무언가를 쓰신다
무엇일까? 오늘 매출일까, 혼자만의 감상일까,

개인적인 수입과 지출일까?

그 모습에서 커다란 삶의 의지를 (나는) 느낀다

자신에게 최선을 다한다는 생각을 하게 된다

그 내용이 무엇이든.

통증

어딘가 조금 아프면 타이레놀 같은 진통제라는 걸 먹는다

큰 문제가 없으면 대충 편안해진다

마음의 통증이 올 때가 있다

그럴 때도 이런 방식이 통하면 좋겠다

피읖

패인

패인(敗因), 실패한 이유

패인, 영어로서 pain, 고통

패인(파이다-파인)의 비표준어

어러모로 부정적인 어감의 단어

평정

불안해하지 않기

그저 결국 그런 건 끝이 없으니

살면서 계속 그러할 것이고

포기

포기한다 우선은 여기서

포기 2

여기서 포기하는 게 맞는 건지?
포기하면 편한데,
얻는 것도 없는 거고
흠.

폭우

비가 그렇게 올 줄을 어떻게 알았겠어
설마 하거나, 그간의 경험칙으로 판단했겠지
미리 알면 미리 움직였겠지

평행 가족

비 한 방울도 미리 알 수 없는 게 사람인걸

(예상·예측은 하겠지…… 높은 확. 률. 로.)

- 뉴스를 들으며

표정

업무상 기차를 타고 자주 이동한다

기다리는 사람을 지켜보면

대부분의 표정이 무無표정(표정이 없다)인데,

그 표정은 사실 인상을 쓰는 것과 유사한,

보고 싶지 않은 표정이 대부분이다

가끔씩, 통화하며 옆 사람과 대화하며

재미있는 무언가를 핸드폰에서 보며 웃는 얼굴이 있을 뿐이다

웃음, 좋음, 기쁨은 그렇게 에너지(노력)가 필요하고,

중력, 엔트로피(?)의 역행이 필요한 듯하다

가만히 두면 불편한 방향으로 흘러간다

동물 중 가만히 있어도 웃상(웃는 모양)이 있는데
대표적으로 고양이가 그렇고, 그래서 좋아하나 보다
(아닌 애들도 물론 있다. 자연이란, 생물이란 다양하다는 것과 동의)

풀림

안 풀릴 것 같은 상황의 조합이
하나가 풀리면서 전부 풀리는 것. 처. 럼. 보. 이. 는.
묘한 상황이 있다
가끔……

필요

없어도 될 거면 고민 안 하잖아
고민한다는 건 필요하다는 것 아닌가?

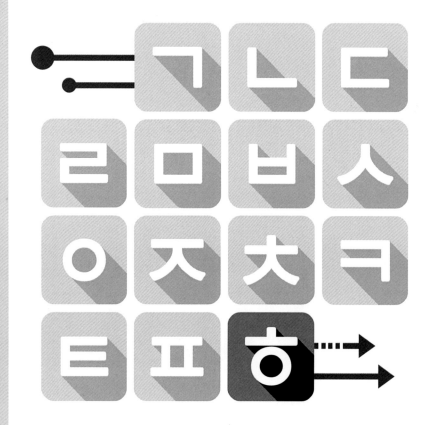

히읗

하루

어제보다 나은 하루

그거면 충분하지

Better than yesterday

That's enough

학대

노인 학대?

동물의 세계인가??

어쩔 수 없는 동물인가???

동물과 사람을 구분하는 것은 돈뿐인가????

나이 들어 힘없다고, 무용無用하다고 취급하는 너는 인간인가?????

행복

이제는 작은 것에 행복을 느끼게 되었다는 말을 하던데,
이제는 '큰 것을 포기하게 되었다'라는 말처럼 들려서
조금 우울한 것은 나만?

향기

모르는 여자가 옆을 스치면서
향수 냄새가 콧속으로 슬며시 들어온다

지나면 끝일 것 같은 그 향기는
그 여자가 지나온 길을 따라 꼬리처럼 남겨져서,

잠시 더 내 콧속으로 밀고 들어온다
향기라서 다행이다

향기 2

출근길 엘리베이터에 담겨 있는 것은 향기
퇴근길 그것에 남아 있는 것은 냄새

협소

협소 주택이라고
서울 어디쯤이라고 하는데
2층 건물이고 남들보다 싸게 매입해서 리모델링 했다고 하면서
싼 가격이었다고, 그 가격이 싼 거라고 한다

내 의문은
왜 그 정도 돈으로?
아직 젊어서 그런 건가……
(내가 전혀 모르는 경제적 기회가 있겠지, 그러러니 넘어간다)

혼미

허피스 바이러스(Herpes V.) 같은 생각이 있다
나의 정신 줄이 희미해질 때마다
반복하여 나타나는 그다지 즐겁지 않은 생각들

혼밥

'정말 독립을 원한다면,
혼자 밥을 먹을 줄 알아야 한다'던데
맞는 말 같다

혼자

나 혼자, 사람 없는 도서관
친구 A: 사람 없고 조용한 곳이 정말 최고야 그치? 피스~ :)
친구 B: 어딘지 아는데 찾아가서 방해하고 싶네……

평행 가족

스캇: 공부 다 해서 좋겠다…… 부럽

좋아하는 것 = 사람 없는 도서관

환상

Phantom 팬텀

유령, 환영, 환상

없는데… 없는데… 왜 있다고 해…… 슬프게

- 환상통(phantom pain)을 공부하다가

*환상통: 사고나 질병 등으로 팔이나 다리처럼 대칭으로 존재하는 부분이 없어졌지만 그 팔이나 다리가 아프다고 하는 현상

회사

난 회사 생활을 대기업에서부터 시작했다.

나보다 선배이신 말 없는 40대 과장님께 업무 질문을 하다가

문득 옆모습을 봤어

그때 머리에 났던 흰머리와 주름.

그게 그땐 왜 그렇게 우울했을까?

회사 2

이런 것을 감상하고 있을 것이라 생각하는가?

그럴 리가……

'언제 나가야 하나…… 눈이 더 오려나?' 이런 거 생각하지

회상

잊고 있었다
너무 싫었고, 떠나고 나서 생각하지 않았다
다시 생각나서 생각해 보니
구역질이 난다

후디 Hoody

후드티Hoody가 좋다
필요할 때,
손쉽게 나를 가려 주니까

후회

어떤 선택이든 후회가 남는다고 하지
그 후회를 얼마나 적게 만들었는가로 만족하기로 하자

휴식

먼 길을 갈 때 잠깐만 쉬어도
다음 갈 힘을 어느 정도 쌓을 수 있으니,
앉을 수 있을 때 앉고
누울 수 있을 때 눕자

서서 쉼   앉아서 쉼   기대어 쉼   누워 쉼

평행 가족

흔적

당장 하늘이 무너질 것 같은 당황과 패닉이 있었지만

몇 날 며칠이고 지워지지 않을 것 같았던

기억과 흔적이라고 생각했지만,

더 이상 머리를 쿡쿡 찌르지 않는

심장을 먹먹하게 만들지 않는

희미하고 흐릿한 과거가 되어 버렸다

희망

희망의 끈을 놓지 말라고 한다

나는 묻는다

그럼, 희망의 끈을 놓아야 할 때는 언제인가?

가족

Family

가족

할머니, 할아버지
어머니, 아버지
나, 형제
자녀
자녀의 자녀
그리고?

더 멀리 갈수록 나와의 결합력은 약해진다
어떻게든 피가 섞인, 유전자가 섞인 식구라 하더라도
삶의 연(이음)이 없다면 그저 그러한 사이일 뿐.

아는 분과 대화를 빌리자면,
"나의 자녀들이 나를 기억하고, 나의 부모님까지는 기억해도
자녀의 자녀로 갈수록 나를 의미 있게 기억하겠는가?
그래서, 묘원의 기한이 무한정 길 필요는 없다는 말이지.
자녀의 자녀에서 필요한 시점에 적절히 정리할 테니
내가 거기까지 관여할 수는 없겠지."

평행 가족

가족 2

한껏 웃으면서
엄마, 아들, 딸로 추정되는 가족이 지나간다
고등학생 정도 되는 아들이 엄마를 업어 주려고 했나 보다
"엄마가 아파도 걱정 없겠어. 서진이가 엄마를 업을 수 있으니……."
웃으며 지나가는 모르는 가족

훈훈하지만 착잡하다
나만 그런가

결혼

결혼하는 이유는
이유도 없이 그리고 느닷없이 불쾌하게
외로움과 허전함이 밀려올 때,
그저 아무렇지도 않게 내 옆에 사람이 있다는
채움 때문이다

고향

시골집, 고향 집, 부모님만 계시는 집은

마치 타임머신인 듯, 기억의 창고인 것 같다

'왜 그랬을까?'

'그땐 왜 그랬을까?'라는 질문이 매번 갈 때마다 되살아난다

끝단

삶의 반직선의 양쪽 끝

9세 슈슈와

90세 왕할머니.

기분이 무겁다

남자

교사의 그림

백일百日

기회가 있을 때, 기억이 흐릿해지기 전에 글로 남기려고 펜을 잡는다
아직 슈슈는 보드라운 두 발로 단단한 바닥, 땅을 한 번도 딛지 않았지

너의 발을 보면 많은 생각과 상상을 하게 된단다
너의 발, 엄마의 발 그리고 더 나이 든 내 발을 비교해 보면,
어쩌면 사람의 역사…… 너무 거창한가? 나이는 그 발에
있지 않나 생각하게 된다
손도 그렇지만 거친 곳을 많이 다닌 발은 그만큼 억세져 있는
것처럼 말이야. (그게 좋다 나쁘다의 의미는 아니고)

엄마와 아빠도 각자의 발을 가지고 있단다
어쩌면 평범하지 않은 발을 가지고 있는 엄마와 아빠에게
슈슈가 온 거야
그래서인지 네가 앞으로 밟게 될 곳, 땅, 장소가 어떠할지 상상하며
더욱더 기대하게 된다

모든 부모가 그러하듯,

그곳이 부드럽고, 촉촉한 곳이면 좋겠고

날카롭거나, 거칠거나, 걷기에 힘든 곳은 아니길 바라고

웃으며 건강하고 즐겁게 그 길을 갈 수 있기를

그러한 복福이 가득하기를 바라지

언제나 엄마와 아빠는 네 편이라는 것 잊지 말고

모든 사람이 아니라고 해도(심. 지. 어. 그게 틀렸다고 하더라도)

항상 네 편인 아빠가 슈슈에게.

- 세상과 마주한 지 100일을 축하하며

부모

무슨 일인지 모르겠지만 두 분이 동시에 수술과 입원을 하셨다

부부는 부부라고 수술 후 어머니는 아버지의 수술 결과를 묻고,

아버지도 역시 그러하다

어린 기억 속의 부모님 모습과 지금의 부모님 모습이

서로 충돌한다

부모 2

내 자식 아픈 게
내가 관리 못 해 그런 것 같아서
속상하게 느껴지는 것처럼,
이제 나이 드신 부모님 감기 한번 걸려도
내가 관리 못 해 드린 것 같아서 속상하다

부모 3

사용하던 차에 이상이 생겼다고 하신다
센터에 수리를 가긴 해야겠지만,
본인은 운전해서 멀리 못 갈 것 같다고 하신다

기분이 안 좋아진다
무엇이든 못 하는 게 없는 분이었는데

부모 4

중학교 교과서에 '아버지의 뒷모습'이라는 제목의 짧은 글이 있었다
자신을 위해 플랫폼 너머를 위험하게 건너가서 귤을 사다가
서둘러 건네주시는 아버지의 모습에 대한 주인공의 감상을
기록한 수필로 기억한다

실제 부모님의 뒷모습을 보는 것은 그리 즐거운 일이 아니다
매우 서운하고 헛헛한 일이다

솔직

기적의 해, Annus Mirabilis: 평생의 성취가 집중된 해
스캇: 이 표현 멋지지?! 난 내년쯤 이렇게 되려나?

　　　이런 해가 와야 할 텐데 말이지. 흠……. (진지)

그녀: 음… 오긴 할 것 같아?
스캇: 으응?

2020. 5. 8.

솔직 2

그녀: 피부도 더 좋았으면, 키도 조금 더 컸으면……

스캇: 이번 생은 포기하고 다음 생을 기대해. 어떻게 다 가지겠어

- 몇 달 후 -

스캇: 이 바지가 설명으로는 8부짜리로 되어 있단 말이야

　　난 길이가 정사이즈로 딱 맞는데? 어휴, 다음 생을 기대해야지.

그녀: 다음 생은 더 나을 것 같아? 지금 그게 최선일지도?!

- 2020. 5. 16.

여자

수의사의 그림

주유

아버지는 평생 운전을 업으로 해 오셨다
취직 후 업무용으로 첫 차를 받아오니,
첫 차는 기름을 가득 넣어 줘야 한다면서
내 차에 그렇게 해 주셨다
S 회사 기름을 사용했으니 앞으로도 S 회사 기름을
사용해야 한다는 말씀도 덧붙이셨다

차에 대해서는 그러한 것이 원칙인 것처럼 말씀하시니,
이후에 차를 몇 번 바꾸면서도
매번 오래된 그 장면이 반복되어 재생된다
그리고 그대로 배우자에게도 이야기한다

아마 딸아이에게도 하겠지
그렇게 계속 이어져 가겠지

평행 가족

평행 1

교육

평행 2

동행

평행 3

반려

평행 4

여행

평행 가족

평행 5

집중

평행 6

식사

Other things may change us,
but we start and end with family.
- Anthony Brandt

평행 가족

육아

Care

그저

총총 살짝 앞서 뛰어가는 것만으로도 웃는 아이
그리고 웃으며 보조를 맞추고 뛰어가는 엄마

그렇게 살살 어쩌면 본인의 최선을 다해 뛰기만 해도
웃음이 나올 때가 있었나 보다

동생

스캇: 동생 없어도 되겠어? 나중에 안 서운할까?
      엄마, 아빠도 없는데……?

슈슈: 난 지금 행복한데?

평행 가족

마음

스캇: 다음 주 할 일을 생각하니 마음이 무겁다 에휴

슈슈: 마음이 무거우면 올리면 되지~

스캇: 그렇네?!

배움

"원래 틀리면서 배우는 거야"

- 9살 슈슈가 같은 공부를 하는 친구에게

보조

자전거 보조 바퀴를 들어 올렸다

당연히 중심을 못 잡고 휘청거리면서 힘들어한다

그런데 계속한다

잠깐 몇 초간 저항 없이 쭉 달리던 그 느낌을 기억하는 것이겠지

한참 타다가 해가 지고 돌아오면서 그 뒷모습을 보니,
좌우 측에 달린 보조 바퀴가 꼭 엄마와 아빠 같다

처음엔 의문 없이 양쪽에서 버티고 있다가
아이가 크면서 조금씩 버티는 일이 줄어들다가
결국 없어지고,

아이는 질주를 시작한다
보조 바퀴 부모

성장

돌릴 수 없는 시간을 눈에 담으려고 애쓴다

성장 2

부득이 아침 8시경, 슈슈 혼자 집을 나서서 유치원에 가게 되었다

비가 와서 우산을 쓴 채로 통화를 하는데,

"아빠, 나 이제 우산 한 손으로 들 수 있다!"

장하다

그런데 왜 기쁘지만은 않을까?

수면

스캇: 이제 자야 하니 정리하고 눕자~

슈슈: 난 잠 안 오는데? 심심해~

스캇: 응 너 그러다 금방 잠들 거야

슈슈: 잠 안 오는데……

- 3분 후 -

슈슈는 꿈나라로 거침없이 직행

수면 2

아이 엄마의 체온으로 데워진 거실 빈백에 쏙 들어가서

슈슈: 우와 진짜 편안하다

스캇: 이제 자야 하니 정리하고 눕자~

슈슈: 난 잠 안 오는데? 심심해~

스캇: 응 너 그러다 금방 잠들던데?

슈슈: 잠 안 오는데……

- 3분 후 -

역시 꿈나라로 거침없이 직행

수첩

수첩 욕심은 애들마다 다 있나 보네

문구점에서 옆에 여자아이가 엄마한테,

아이: 나 수첩 이거 필요해

엄마: 아니야 집에 수첩 많아. 갖다 놓고 와요

평행 가족

아이: 이거 필요한데……

엄마: 아니야 엄마가 왜 몰라 집에 많아

똑같다 신기하네

기록의 인간인가

* 호모 스크립투스Homo Scriptus

싫음

진짜 외우기 싫어하는 마음이 절실히 느껴지는

해독 불가 초3의 영어 단어 외우기

오후

그냥 이대로의 오후

2020. 4. 30. 14:28

평행 가족

응원

이유

일상을 마치고 들어와서 씻으려는 중에 갑자기,
27개월 딸아이가 아빠 먹으라면서 내미는 고래밥 한 알은
내가 왜 이 생명을 키우고 있는지에 대한 답이다

이유 2

왜 살아가니?
아이가 즐겁게 뛰니까
내 앞에서

종료

리모콘에 '종료' 버튼을 누르라고 하니 슈슈가 눌렀다

궁금해서 "슈슈, '종료'가 무슨 뜻일까?" 물었더니,

슈슈는 "뭔가 다시 시작하는…" 이런 식으로 말을 흐린다

'종료 = 끝'이라고 알려 주고

종료는 뭔가 다시 시작하기 위해서 필요한 과정이니까

네 말이 맞다는 해석까지 추가해 주었다

종료 = 시작을 위해 필요한 첫 단계

말 된다. 단언컨대 어른은 이렇게 생각 못 한다

질문

초3 슈슈의 질문: 서술형 답을 쓰면 왜 존댓말로 써야 해?

존댓말로 쓰기 힘들어. 사람도 아니고 시험지잖아

시험지에게 존댓말을 해야 하나?

주저리 주저리, 일반적인 대답만 해 줬다……

팡팡

(아이를 키우면서)

저녁 식사 중 유난히 돌아다니면서 의자를 옮기겠다고

낑낑대길래 궁둥이를 팡팡.

잠시 후 엄마 옆에 앉아 밥을 먹으면서 금세 생긋.

앞으로 5년이나 10년 정도 지나면 팡팡도 못할 텐데

그땐 어떻게 될까?

대화하며 잘 풀리길, 지금보다 더 성숙해서 대화가 잘 통하길

지금은 바랄 뿐

한 살1 year old

1살이라는 나이가 갖는 의미,

앞으로 살아야 할 길고 긴 인생 여러 해의 첫 번째 시작

본인은 모르지만 많은 이들의 축하를 공식적으로 받는 날

앞으로 이 생명이 어떤 삶을 살게 될지 타인은 기대하며,

본인이 선택하는 첫날

앞으로 긴 인생을 살아갈 인격으로 인정받는 첫날

내게도 그런 날이 있었을 거다

- 누군가의 1살 생일(돌잔치)에서

햇살

맑은 아침 고층 아파트 단지를 지나면서
햇살이 비쳐 반짝거리는 유리창이 보이니,

슈슈: 해님이 유리창 빛 때문에 눈부시겠다
스캇: 아 그렇구나, 음 그렇게 눈부시니까 해님이 계속 움직이나?
슈슈: 어……

업무

Work

가치

큰 동물이나 작은 동물이나 심장이 뛰는 한

가격으로 가치를 이야기하긴 힘들다

그 아이(동물)가 나에게 어떤 의미인지에 따라 가치 또한 다를 테니

그렇다면,

의미 없는 사람의 가치는?

인간은 그 자체로 존중되고 귀중한가??

대화

2일 된 송아지가 기력이 없다고 해서 방문했다

매번 신기한 것은,

엄마 소와 송아지, 다른 말로는

'엄마 동물과 어린 동물은 서로를 어떻게 인지할까?'인데,

평행 가족

멀리서 보고 있는 중

아픈 송아지가 "메~" 하고 일어서니

엄마 소가 "머~" 하고 응답하면서 송아지에게 걸어간다

그들만의 목소리, 톤 또는 언어가 있는 건지 대화가 되나 보다

그렇게 짧게 말해도 대화가 되네

대화 2

동물 간의 의사소통은 다 알 수 없는 영역이겠다

뿔이 다쳐 피가 나는 소가 있어서 지켜보니,

아직 흘러나오는 피를 다른 녀석들이 와서 핥는다

왜?

붉은색의 자극일지, 냄새일지

그렇게 해서 피를 멈추게 도와주려는 건지?

아직 만족할 답을 못 찾았다

대화 3

2020. 5.
같은 공간에 두 마리의 엄마 소와 두 마리의 송아지가 있다
한 송아지를 치료하고 있으면
천천히 그 송아지의 엄마가 걸어온다

기둥에 묶여서 움직이지 못하는 상황이면
어떻게든 고개를 돌려서 송아지를 쳐다본다

숨김

2019. 6.
송아지와 엄마 소가 있는 곳을 가만히 보고 있으면,
엄마 소는 송아지를 자신의 커다란 몸 뒤로 숨긴다

송아지는 넓은 몸통 뒤에 가서 숨는다
그러면 정말 안 보인다

안녕

비 오는 날,
송아지가 곧 죽을 듯 생기가 없어 보인다
보호자와 상의 후 빠르게 치료를 준비하는 중
무지개다리를 건너 버렸다

조금 뒤에 앉아서 보호자를 기다리고 있으니,
뒤에서 지켜보던 엄마 소가 천천히 다가가서
숨이 멈춘 송아지를 핥는다

죽음의 냄새가 나는 것인가, 보이는 것인가?
어쩌면 그렇게 마지막 인사를 하는 것 같다
다시 일어나기를 바라는 마음도, 기대도
혹시 있으려나
'너 왜 가만히 있니? 얼른 일어서 봐'

표정

표정 없는 동물에 대한 생각.

분만 중 난산dystocia은 엄마 소가 스스로 해결하기 어렵다

긴 시간 진통했다고 해서 검사해 보니,

자세가 바르지 않아 교정하고 송아지를 꺼냈다

꺼낸 송아지가 사는 경우도 있고, 반대의 경우도 물론 있다

인간은 당연히 그에 따른 감정이 얼굴에 나타난다

엄마 소는 표정이 없다

좋은 건가? 표정이 없다

슬픈 건가? 표정이 없다

항상 그 얼굴이다

삶의 다양한 감정이 얼굴에 나타나지 않는다면 이런 상황과 비슷하려나

종점

End

어릴 때부터 책과 독서를 멀리하지는 않았지만, 그렇다고 독서처럼 즐거운 활동은 없는 것처럼 몰입하면서 살지는 않았습니다.

두 번째 전공을 공부하면서 국내에서 손꼽히는 도서관을 가까이에 두었기에, 자연스럽게 드나들기 시작한 도서관에서 저의 책 읽기는 정점에 도달했다고 생각합니다. 객관적으로 일정 기간에 투여된 시간과 완독한 책의 숫자는, 나중에 다시 그 수준에 도달할 수 있을지 의문이 들기도 합니다. 당시에 깊은 울림을 주었던 책들을 나열하며 마무리하고자 합니다. 시간을 내어 주신 분들의 삶에 (요즘 표현으로) 1그램(g) 또는 한 방울만큼이라도 어떤 의미와 형태로든 도움, 웃음, 위로 또는 유익한 정보가 된다면 무척 기쁘겠습니다.

수의사 스캇Scott 샘의 서재

김경일, 『마음의 지혜』 등

김훈, 『라면을 끓이며』 등

나가시마 유, 『슈크림 러브』 등

랜디 포시, 『마지막 강의』

로랑스 드빌레르, 『철학의 쓸모』

류이치 사카모토, 『나는 앞으로 몇 번의 보름달을 볼 수 있을까』

무라타 사야카, 『편의점 인간』

미나토 가나에, 『N을 위하여』 등

미야베 미유키, 『불문율 – 결코 보이지 않는다』 등

미우라 시온, 『격투하는 자에게 동그라미를』 등

셸리 케이건, 『죽음이란 무엇인가』

쇼펜하우어, 『쇼펜하우어 인생론』 등

신영복, 『처음처럼』 등

스콧 스미스, 『심플 플랜』 등

신영복, 『처음처럼』 등

신카이 마코토, 『초속 5센티미터』 등

아야츠지 유키토, 『십각관의 살인』 등

애덤 그랜트, 『싱크 어게인』 등

에도가와 란포, 『파노라마섬 기담』 등

오가와 요코, 『미나의 행진』 등

오구라 히로시, 『서른과 마흔 사이』

오사키 요시오, 『9월의 4분의 1』 등

온다 리쿠, 『달의 뒷면』 등

요시다 슈이치, 『7월 24일 거리』 등

우타노 쇼고,『관이라는 이름의 낙원』등

유이카와 케이,『어깨너머의 연인』등

이나모리 가즈오,『어떻게 살아야 하는가』등

이사카 고타로,『종말의 바보』등

이상희,「가벼운 금언」

이옥봉,「夢魂(꿈속의 넋)」

이케이도 준,『은행원 니시키씨의 행방』

정호승,「첫눈 오는 날 만나자」

조던 B. 피터슨,『질서 너머』등

조훈현,『조훈현, 고수의 생각법』

최태성,『역사의 쓸모』등

츠츠이 야스타카,『인간 동물원』등

프리드리히 니체,『혼자일 수 없다면 나아갈 수 없다』등

하라 료,『그리고 밤은 되살아난다』

호리에 도시유키,『곰의 포석』

황농문,『몰입』

히가시노 게이고,『옛날에 내가 죽은 집』등

히로나카 헤이스케,『학문의 즐거움』

+ 이외에 논어, 명리, 사기, 손자병법, 순자, 장자, 주역 등

평행 가족